KB119043

아빠는
나 의
베 프

아빠는
나 의
베 프

홍원택 지음

위즈덤하우스

3 CHAPTER 나의 말이 아빠의 동화가 됐어요!

영원 속에 붙잡아둔 순간들

나이 마흔에 딸 유진이를 얻었다. 기적 같은 일이었다.

아내가 몸이 너무 약해서 아이를 가질 수 없을 줄 알았는데, 어느 날 배 속에 새끼손톱보다 작은 생명이 깃든 것이다. 우리 부부는 지극 정성으로 태교에 매달렸다. 하지만 임신 4개월 무렵, 갑작스런 조산 증세로 인해 아내는 고위험산모실에서 홀로 고군분투해야만 했다. 링거와 튜브 다발에 둘러싸인 채 사흘에 한 번꼴로 금식을 해야 했던 아내는 엄마 때문에 아기가 굶는다며 종일 울었다. 하루하루 아내의 건강은 나빠졌고, 매일 위기 상황이 번갈아 닥쳤다. 그런 엄마가 너무 안쓰러웠을까, 아기는 8개월도 채 안 되어 세상에 나왔다.

처음 봤을 때 유진이는 인큐베이터 안에 있었다. 아기를 조금이라도 더 가까이에서 보고 싶은 마음에 유리창에 볼을 바싹 갖다 대는 순간, 나도 모르게 눈물이 쏟아졌다. 태어나자마자 작은 유리 상자 안에 갇힌 아기를 바라보며 나는 두 가지 약속을 했다.

온 세상을 다 보여줄게.
늘 네 곁에 있을게.

유진이를 안고 집으로 돌아오던 날, 우리는 비로소 가족이 되었다. 집 안 공기가 바뀌고 향기가 달라졌다. 신기하고 두렵고 설레는 날들이 시작되었다. 밤낮을 가리지 않고 울어대는 유진이를 안고 어르면서 나는 점점 아빠가 되어갔고, 아내는 점점 엄마가 되어갔다. 모든 부모들이 그렇듯 우리도 아기 사진을 찍고 육아일기를 쓰며 하루하루를 기록했다. 처음 뒤집기를 했을 때, 처음 일어섰을 때, 아파서 응급실에 가던 날, 처음으로 '엄마, 아빠'를 발음했을 때……

시간이 흘러 유진이는 자기만의 느낌과 생각을 표현할 수 있을 만큼 자랐다. 나는 유진이의 엉뚱하면서도 기발한 말과 행동을 어떡하든

붙잡아두고 싶었다. 그래서 펜을 들어 그 특별한 순간들을 한 컷, 한 컷 새기기 시작했다. 주인공인 유진이의 뜻에 따라 그림 속의 나는 공룡으로, 아내는 해바라기로 거듭났다. 그림은 나의 평생 직업이었지만 이 시절만큼 행복하고 즐겁게 그림을 그린 적이 없었던 것 같다. 매순간 어디로 튈지 모르는 유진이 덕분에 구태여 상상력을 쥐어짜낼 필요도 없었다.

전에는 온 세상이 나의 그림 소재였다. 그런데 유진이가 태어나면서 모든 것이 바뀌었다. 나는 이제 유진이가 보고 듣고 느끼는 세상만을 그린다. 세상이 이렇게 신기하고 아름다웠나 싶다. 앞으로 시간은 점점 더 빨리 흐를 테고, 유진이도 하루하루 쑥쑥 커가겠지만 이 그림들은 영원 속에 머물러 있을 것이다. 언젠가 유진이가 훌쩍 커서 문득 이 책을 펼쳤을 때를 생각해본다.

"아빠, 나 정말 이랬어?"
"응, 너 정말 그랬어. 참 눈부셨어. 지금처럼."

엄마, 아빠와 함께하는 하루는…

만약 행복이 눈에 보인다면 이런 모습일 거야.
엄마, 아빠와 함께하는 1분 1초 그 모든 순간,
나는 웃음과 행복으로 가득하니까.

난 유진이 아빠예요. 이 책의 작가이기도 하지요.

이제부터 공룡 아빠가 되기로 했답니다.

유진이가 티라노사우루스를 엄청 좋아하거든요.

꼬리는 당연히 없죠. 진짜 공룡이 아니니까요.

해
바
라
기
가

된

엄
마

난 유진이 엄마예요. 그래요. 해바라기 맞아요.

언제 어디서나 유진이만 바라보다가

해바라기 엄마가 되었어요.

앞으로도 쭉 유진이를 사랑으로 돌볼 거예요.

행복하게 자랄 수 있도록 말이죠.

말괄량이 유진

내 이름은 유진이에요.

난 흥얼흥얼 노래 부르는 걸 좋아하고,

그림 그리기, 만들기를 아주 좋아해요.

특히 공룡이 진짜 진짜 좋아요.

하지만 그중에서도 제일은 아빠, 엄마죠!

쿵쿵 모닝콜

"우리 엄마는 '일어나, 일어나' 하지 않아요.
그 대신 맛있는 냄새와 소리로 날 깨워요."

 유진이는 아빠를 '아삐'라고 불러요.

바람이 보낸 선물

"아빠의 자전거에 타고 있으면, 기분 좋은 바람이 솔솔 불어와요.
그래서 아빠에게 들꽃을 선물했는데…… 쿨쿨."

그래서 봄

"와, 엄마가 이렇게 예쁘게 입으니까 진짜 봄이 온 거 같아.
매일 이렇게 입고 나를 데리러 오면 좋겠어."

아빠는 센스쟁이

"아, 발이 아플 땐 신발을 바꿔 신는 거구나."

나랑 놀아줘요

"히히, 아빠의 가방을 숨겨두면 회사에 안 가고
하루 종일 나랑 놀 수 있겠지? 아빠는 오늘 내 차지야."

한 시 간 째 비 행 기 놀 이

"이 비행기는 재밌는데 오래 날지 못해서 아쉬워.
근데 아빠는 왜 그렇게 바들바들 떨어?"

뒤죽박죽 훌라후프

"아빠, 이러다 배 속에 있는 게 다 섞여버리겠어!"

어르신 강아지

"할머니, 이 귀여운 강아지는 몇 살이에요?"

"아홉 살인데, 사람 나이로 치면 이 할미랑 비슷할걸?"

"앗, 그럼 어르신이네요. 어르신 손 주세요!"

새
로
운
여
왕

"아빠! 내가 아이스크림으로 개미들을 불러 모을게.
이제부터 내가 개미여왕이다. 나를 따르라."

모
기
파
티

"아빠! 이모네 집 모기들이 내 얼굴에서 파티했나봐!"

꽃눈

"와, 눈이다. 아빠, 곧 크리스마스 선물이 도착하겠지?"

"글쎄……."

"아빠! 분수대 좀 봐봐. 신기하게도 물이 살아서 저절로 움직여.
나, 저 물을 잡아서 집에 가지고 갈래!"

"엄마가 만든 샌드위치는 정말 최고야.

엄마가 사랑을 듬뿍 넣어서 만든 거니까!"

엄마 따라쟁이

"엄마가 친절하게 말하니까 사람들도 엄마한테 친절한 거 같아.

나도 친절한 유진 씨가 될래. 어떡하면 엄마처럼 말할 수 있을까?"

이
담
에

크
면

"난 결혼 안 하고 친절한 아빠랑 평생 살 거야."

"치, 거짓말."

"두고 보라니깐."

고양이처럼

"우와~ 저 고양이 좀 봐봐. 우아하고 신비롭다.

나도 고양이처럼 살고 싶어."

고양이의 비밀

"아빠, 고양이가 아기 울음소리를 내는 건

들키지 않으려고 그러는 거야."

가
위
바
위
보

1

"아빠는 왜 자꾸 보자기만 내?"

가
위
바
위
보

2

"가위, 바위, 보! 아빠는 정말 보자기밖에 몰라?"

가
위
바
위
보

3

"아빠, 그거 알아? 우린 주먹을 안 내."

딱지를 위한 보물 상자

"보물 상자가 필요해.

거기 넣어두면 애들도 전부 금딱지로 변할 거야."

자
전
거

배
우
기

"자전거 타고 아주 멀리 가고 싶어. 하늘나라, 별나라까지."

"그래, 아주 멀리까지 가자."

소원을 들어주는 돌탑

"아빠, 나 소원 빌었어! 기다려 봐.

좀 있으면 날개 달린 공룡으로 변할 거야."

"그럼 아빠는 그 공룡이 아빠 딸로 변하게 해주세요, 하고

빌어야겠네."

"유진아, 물고기는 풀 안 먹는데."

"그러면 안 돼. 골고루 먹어야 키가 크지."

초
록
밥
주
세
요

"아빠, 초록색은 뭐야?"

"그건 큰 차가 먹는 밥이야."

"그럼, 우리 차도 초록 밥 주세요. 엄청 커지게."

거인은 싫어

"와, 이만큼이나! 이러다 곧 거인 되겠는걸!"
"거인? 싫어, 싫어! 나 키 안 클래!"

그림자 괴물

"아빠……, 정말 아빠 맞지?"

유모차의 마법

"엄마! 아기 때 탔던 유모차를 타니까 잠이 스르르 몰려와.
유모차는 나를 다시 아기로 만들어주나 봐."

새
처
럼

날

때

까
지

"아빠, 조금만 더 세게 밀면 나도 곧 새가 될 거야!"

스파이더맨 따라 하기

"빨리! 좀 더 빨리! 스파이더맨은 이거보다 빨라!"

EBTOON X WEBNOVEL
LATFORM

서사 중심 · 장르쾌감 · 지적만족

클라스가
다른재미
저스툰

깊이가 다른, 재미가 남다른 **웹툰 연재작**

PTSD
꼬마비

대마도 여행 중에 한국에서 전쟁이
났다면? 섬뜩한 상상

사람 냄새
김숭늉

좀비로 가득한 바깥세상,
고시원에 남은 사람들 이야기

그녀의 심청
seri/비완

아름다운 두 여성, 심청과 승상부인의
애절한 이야기!

정신병동에도 아침이 와요
이라하

간호사가 바라본 정신병동의 세계~
감동과 재미 보장!

의 신 차승현

퇴근, 08시 출근
계속된다 이전 삶과는 다르게

탐정 홍련
이수아

부산영화제가 선택한 작품!
뉴크리에이터 수상작

군의 사랑
호희

황제 때문에 아주 인생 제대로
졌다!

스페셜 원 오크
주옥

전무후무! 책략가 오크의 탄생!

웹툰/웹소설계의
어벤저스
저스툰!!

위즈덤하우스미디어그룹과 <미생>의 만화가 윤태호가
같이 만들었습니다! 웹툰/웹소설 플랫폼 저스툰에서
'클라스가 다른재미' 를 만끽하세요!

실용과 교양이 남다른 기획만화
<오리진>, <고딸 잉글리시톡>, <쉘 위 카마수트라> 등

스토리의 쾌감이 남다른 장르만화
<PTSD>, <그녀의 심청>, <네가 없는 시간> 등

밤새도록 설렘주의! 라인업이 남다른 웹소설
<레이디 투 퀸>, <우리 베란다에서 만나요>,
<왕과 왕비님의 신혼일기> 등

당신의 일상에
클라스를 더합니다

저스툰은 또 하나의 플랫폼이 아닌
'콘텐츠의 미래'라고 자부합니다.

독자에게는 소장가치 있는 다양한 작품을
작가에게는 다양한 창작 지원을 약속합니다.

당신의 하루는 소중하니까 저스툰이어야 합니다.

홈페이지
www.justoon.co.kr

주소
서울 마포구 월드컵북로 21 풍성빌딩, 3~5층

만화 투고
togo@justoon.co.kr

웹소설 투고
webnovel@justoon.co.kr

QR코드 스캔하고
저스툰 작품 감상하기

서서 쉬하기

"유진아, 왜 아빠 다리가 뜨듯해지지."

"나도 서서 쉬하고 싶어. 히히히."

"욕조에서 하는 물놀이는 정말 재밌어.

꼭 딴 세상에 와 있는 거 같아. 아빠는 안 그래?"

영화는 꿈이야

"아빠, 영화 속에 쏙 들어가고 싶어."

베
드
타
임
스
토
리

"얘들아, 잘 들어봐. 우리 아빠가 해주는 옛날이야기, 정말 재밌어!"

감
기

"엄마가 밤새 지켜줘서 이제 다 나았어.
나중에 엄마 아프면 내가 꼭 지켜줄게."

유진이의 약속

"걱정 마, 내가 꼬부랑 할머니가 돼도 엄마 손 꼭 잡고 다닐게."

빨래
하트

"어머, 빨래로 하트를 그렸네?"

"빨래에서 엄마 냄새가 나잖아."

유리창 하트

"호오, 호오~ 아빠…… 사라지기 전에 얼른 여기 봐봐. 사랑해!"

사
랑
의
쿠
키

"주문하신 사랑의 쿠키 나왔습니다, 손님. 오래 기다리셨나요?"

"아, 아니. 두 시간밖에 안 기다렸어요. 꼬르륵~."

"사이좋게 함께 연주해야 하니까, 젓가락 행진곡은

서로 사랑하게 만드는 음악 같아.

아빠도 빨리 젓가락 들고 춤춰 봐."

나는 귀신이다

"아빠, 엄마. 위를 보세요!"

"꺅!"

"히히히."

행복한 착각

'우리 아빠랑 엄마는 한 번도 큰 소리를 낸 적이 없어.
어쩜 그렇게 사이가 좋을까?'

모래사장

"여긴 글씨 공부하기 딱 좋은 곳이야!"

아빠는 내 마음이 들려요?

아빠는 내 마음을 들을 수 있나 봐요.
가끔 엉뚱하고 이상한 말을 해도 다 이해해요.
가장 친한 친구는 마음까지 들어주는 친구가 아닐까요?

오
리
배　가
족

"아무래도 새 식구가 생긴 것 같아.

우리도 오리 가족이라고 생각하나봐."

개구리 아닌 올챙이

"아 귀여워. 이 올챙이 집에 데려가서 키울래."

"그래. 그런데 엄마가 개구리를 좋아할까?"

"개구리 말고 올챙이 키운다니까."

물
수
제
비

"유진아, 이렇게 던져봐. 물수제비가 보이지?"

"아빠, 내가 아주 커다란 물수제비를 만들어줄게!"

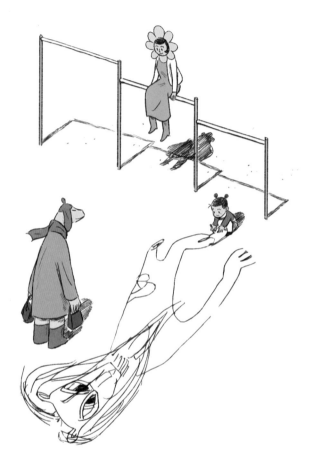

 실제 유진이가 그린 그림이에요.

운동장 화가

"아빠, 스케치북 안 사줘도 돼.

학교 운동장에 이렇게 큰 도화지가 있잖아."

무한반복

"엄마, 엄마! 이 노래 너무 신나! 또 들어요. 또요, 또요, 계속요."

헤어 드라이어

"아 따뜻해, 아 시원해! 이 기계 속엔 여름도 있고 겨울도 있나봐.
너무 신기해!"

블록 밟기

"까만색 밟는 사람이 술래!"

하품 가족

"엄마, 하품도 가족이 있나봐. 한 명이 하면 줄줄이 따라와."

꼬
마

당
근

"아빠, 이 당근이 좀 작기는 하지만 맛은 세상에서 젤 클 거야."

 국립현대미술관 정원을 돌아다니는 공작새랍니다.

미술관 공작새

"너 아까 분명히 미술관 그림 속에 있었는데, 언제 밖으로 나왔니?"

 유진이와 엄마는 평소에 잘 넘어지고 부딪혀서 자주 다쳐요.

종이 인형

"아빠! 엄마랑 나랑 종이 인형이 되기로 했어.
이제 암만 부딪쳐도 안 다칠 거야."

지
렁
이

"아빠, 비가 내리고 나면 길가에 지렁이가 넘쳐나.
빗방울하고 땅하고 만나면 지렁이가 태어나나 봐."

짜장면 파티

"아~ 검도는 참 맛있는 운동이구나.

중국집보다 도장에서 먹는 짜장면이 더 맛있어."

목
욕
탕
에
서

"엄마…… 내 몸이 아이스크림처럼 사르르 녹는 것 같아.

아줌마 엄청 힘이 세시네요. 꼭 고릴라 같아요."

찜질방 무법자

"할머니, 이거 정말 맛있어요."

"애야, 저기 너의 엄마 아빠 아니니?"

"흥얼흥얼~ 음음음~."

"유진이는 울지도 않고 음악을 느끼는구나!"

 코코는 고모네 강아지예요.

코코와 유진

"코코야, 내가 맛있는 간식 줄 테니까
고모 말보다 내 말을 더 잘 들어야 해. 알았지?"
"왈왈."

세상에서 제일 작은 페인트공

"아빠, 하얀색이 젤 예뻐! 우리 집도 전부 하얗게 칠해야지!"

포클레인의 재발견

"유진아, 저건 놀이기구가 아니야!"

"아빠! 나도 이제 브라키오사우르스랑 친구가 될 수 있어!"

원
반
던
지
기

"아빠, 원반던지기는 강아지처럼 이렇게 해야 더 재밌는 것 같아.
왈왈!"

기
차
피
리

"엄마, 내 피리 속에는 기차가 사나봐. 자꾸 기차 소리만 나."

도전! 발끝에서 머리까지

"아빠, 이번엔 성공할 것 같아!"

"실패해도 괜찮아. 아이고, 시원하다."

빗
속
의　응
가

"비가 오는 날 산책하면

신비롭게 변한 세상을 만날 수 있어서 좋아.

코코야, 너도 비가 오면 좋아서 응가를 하는구나."

"아빠, 접시 깬 거 엄마한테 안 이를 거지?"

그림자 동물원

"아빠, 손으로 만들 수 있는 동물이 백 마리도 넘어!"

실
뜨
기

"아빠 손이 더 크잖아. 반칙이야, 반칙!"

그
네
타
기

"아빠랑 같이 타니까 하늘까지 올라갈 것 같아.
염소야 너도 함께 탈래?"

어쩌다 슈퍼맨

"와, 진짜 빠르다! 아빠가 벌레 잡을 땐 꼭 슈퍼맨 같아."

변비
치
료
사

"파워레인저로 변신!

아빠, 깜짝 놀라서 이제 곧 변비가 사라질 거야."

"할머니 방에만 오면 할머니가 부처님처럼 느껴져.

할머니, 나한테만 살짝 말해도 돼. 할머니, 부처님 맞지?"

보고 싶은 할아버지

"할아버지한테 전화를 해야 하는데…….

할아버지는 지금 땅속에서 두더지랑 놀아주느라 바쁘신가봐,

전화를 안 받네."

유진이의 할아버지는 바다를 엄청 좋아했답니다.

할
아
버
지

생
각

"아빠! 바다에서 할아버지 냄새가 나.
목소리도 들리는 것 같은데?!"

마음
색깔

"아빠, 바다를 왜 노랗게 그려?"

"유진아, 색깔은 마음을 나타내는 거란다."

"응······ 아빠 마음은 지금 행복하구나."

마음의 연결고리

"이렇게 이어폰을 끼고 있으면 아빠랑 내 마음이 이어진 것 같아."

세상에서 가장 따뜻한 커피

"엄마, 내가 따뜻한 커피 가져왔어. 너무 슬퍼하지 말아요.
내 인형들이 곁에서 지켜줄 거야."

생각
의
자

"엄마, 생각해보니까 내가 잘못한 것 같아요.
근데 왜 생각만 하면 자꾸자꾸 졸린 거지?"

"아빠는 푹 쉬어야 돼. 오늘은 내가 풀어줄 때까지 잠만 자는 거야."

C
C
T
V

"아빠, 저건 하느님도 아닌데 왜 위에서 늘 우릴 지켜보는 거야?"

간절한 기도

"하느님, 하느님······ 엄마 아빠가 할머니, 할아버지가
안 되게 해주세요. 그리고 저도요."

민들레

"물고기들아, 내가 푹신푹신한 눈송이를 날려줄게!"

아빠와 춤을

"아빠랑 같이 춤을 추니까 구름 위를 떠다니는 것 같아!"

아빠는 영원히 기억하고 싶어서 그림을 그린다고
했어요. 우리 가족이 함께한 모든 순간이
아빠의 그림 속에 영원히 남아 있다니, 너무 멋져요.

유치원 첫날

"유진아, 용기주머니 챙겼지?"

"응, 용기주머니에 엄마도, 아빠도 다 들어 있어."

고장 났나?

"얘들아, 내가 음료수 사줄게. 그런데 이상하다.
천 원이나 넣었는데 왜 한 개밖에 안 나오지?"

시
험
본
날

"80점이나 받았는데 왜 그렇게 울상이니?

난 20점인데도 아무렇지 않은데.

내가 엄마한테 말해줄 테니 걱정하지 마!"

영원한 관객

"참 이상해. 엄마 아빠가 보고 있으면 자꾸 힘이 나.
난 뭐든지 할 수 있어 하고 마음속에서
자신감 새싹이 돋아나는 것 같아요."

아빠가 학교에 온다면

"거봐, 내가 말했잖아. 아빠가 학교에 오면 인기 짱일 거라고!"

할아버지 거북이

"내 가방, 아빠 가방을 같이 메니까
꼭 할아버지 거북이가 된 것 같아. 아이고 허리야."

질투

"유진아, 정말 아빠랑 안 갈 거니?"

아침마다 바이바이

"아빠는 내가 보이지 않을 때까지 손을 흔들어주네. 행복해."

나뭇가지 케이크

"나무야, 나무야! 생일 축하해!
친구들아, 모두 모여서 케이크 먹자!"

첫
화
장

"거울아, 거울아~ 솔직히 말해도 돼. 세상에서 누가 제일 예쁘니?"
"유진이~!"

음식 나라 여행

"칙칙폭폭, 칙칙폭폭!
다음 역은 00마트 음식 나라 역이에요."

수천살이

"아빠! 수천살이들이 막 덤벼!"

"수천살이가 아니라 하루살이야! 하루살이가 수천 마리 몰려 있네."

레
고
나
라

"아파트가 다 똑같아서 꼭 레고 나라에 온 것 같아.

우리도 레고처럼 걸어갈까?"

오
리
할
머
니

"무서운 오리 할머니가 나타났다!"

"괜찮아, 유진아. 마스크가 오리처럼 생겨서 그래."

마법 빗자루

"안녕하세요. 할머니의 빗자루가 지나간 곳은 감쪽같이
깨끗해져요. 할머니는 마음 착한 마법사 같아요."

개인 전시장

"유진이 그림은 여기다 붙여놓을게.

그림 그리고 싶을 때 언제든 놀러오렴."

"와~ 그럼 여긴 교장선생님 방이 아니라 제 전시장이네요."

매미
흉내

"아빠, 내가 겨드랑이 긁어줄게,
빨리 매미 소리 내서 매미 좀 잡아봐."
"맴맴맴~."

공항 패션

"아빠, 공항은 멋쟁이가 되는 곳인가 봐. 우리 자주 오자."

돌하르방

"아빠! 나 이 돌하르방 할아버지가 좋아. 다른 하르방은 싫어.
이 하르방이랑 우리 집에 같이 가면 안 돼?"

Happy
Birthday

"생일 노래 또 불러주세요. 선물도 또 주셔도 돼요."

공룡은 멋있어

"와~ 공룡은 뼈다귀도 멋있어!
아빠도 뼈가 멋있을 거 같아……."

기
타
신
동

'아빠가 저렇게 춤추는 걸 보니, 내 연주가 훌륭한가 봐.'

인형놀이

"안녕, 난 바비야. 넌 누구니?"

"난 바비 엄마야."

"아니, 아니! 우린 친구잖아."

"……."

사자
사냥

"아빠, 무섭게 어흥 해야지, 얍!"

크
로
키

"까마귀야, 얼음! 조금만 참아. 금방 그려줄게. 알았지?"

뜻밖의 버스킹

"거봐, 엄마도 춤추고 싶었지? 그치?"

캠
핑
의

묘
미

"얘들아, 귀신이야기는 캠핑장에서 해야 제맛이라고!"

 실제 유진이가 그린 그림이에요.

직장 체험

"아빠, 나도 회사 다닐래. 이렇게 그림도 그리고,
회사는 정말 재밌어!"

아빠의 수호천사

"아빠, 이제 집에 갈 시간이야.

말이 빨라지고 시끄러워진 걸 보니……."

풍선 치료

"아빠, 정말이야. 풍선 들고 있으면 안 아파."

"안 속아, 안 속아."

측백나무 열매

"와, 나무에 별이 열렸어! 하나, 둘, 셋……."
"유진아, 별 따줄까?"

꽃을 지키는 지렁이

"아빠, 꽃에 지렁이가 숨어 있어.
이 꽃을 지켜주는 착한 아빠 지렁이인가 봐."

양
떼
목
장

"자꾸 매에매에 하지 말고 줄부터 서라니까!"

애완용 해골

"아빠, 얘가 혼자 걸을 수 있으면 참 좋겠어."

꼬
르
룩
~

"할아버지, 다 드시기 힘들면 제가 도와드릴까요?

배가 좀 고파서요……."

"아빠, 엄마~ 나 이제 유치원 안 가도 되는 거지?

우리 사진 찍고 빨리 짜장면 먹으러 가요!"

우연한 방문객

"아삐, 우리 텐트에 고양이 손님이 찾아왔어.
고기를 나누어 먹으면 고양이는 행복한 오늘을 잊지 못할 거야."

이
빠
진
날

"이가 빠져서 토끼이빨이 되었으니까,

오늘부터는 내가 토끼 여왕이시다. 차례로 줄을 서시오!"

눈
사
람

"아빠, 이렇게 끈을 묶고 있으면 눈사람이 안 사라진대."

"아빠, 얼음 속에는 얼음처럼 딱딱한 물고기가 살겠네?"

아빠
리프트

"저 리프트가 빠르긴 하지만 난 아빠 리프트가 백 배 좋아.
무서워서 그러는 거 아니야."

크리스마스트리

"유진아, 크리스마스가 어떤 날인지 아니?"

"알아, 알아! 나무가 예뻐지는 날."

산타 할아버지

"산타 할아버지, 잠깐 소파에 좀 앉아 봐요."

"할아버지는 많이 바쁘단다. 얼른 가야 돼."

"어, 한국말 할 줄 아세요?"

"어, 으음……, 아이 캔 스피크 코리안."

루돌프 아빠

"아빠가 루돌프고, 난 산타할미가 되었네? 히히히."

별
구
경

"아빠, 저기 커다란 별 따줄 수 있어? 저 별을 가지고 다니면
반짝반짝 빛나는 일들이 많이 생길 것 같아."

꿈
침
대

"아빠, 엄마, 나, 이렇게 함께 자면 셋이서 똑같은 꿈을 꾸겠지!"

"유진아, 소원 빌었어?"

"아니."

"왜?"

"유진이는 소원 없어. 엄마 아빠가 내 옆에 있으니까⋯⋯."

아빠는 나의 베프

초판 1쇄 인쇄 2018년 4월 5일
초판 1쇄 발행 2018년 4월 12일

지은이 홍원택
펴낸이 연준혁

출판 2본부 이사 이진영
책임편집 가정실
디자인 이성희

펴낸곳 (주)위즈덤하우스 미디어그룹 **출판등록** 2000년 5월 23일 제13-1071호
주소 경기도 고양시 일산동구 정발산로 43-20 센트럴프라자 6층
전화 031)936-4000 **팩스** 031)903-3893 **홈페이지** www.wisdomhouse.co.kr

값 13,000원
ISBN 979-11-6220-332-3 03810

* 잘못된 책은 바꿔드립니다.
* 이 책의 전부 또는 일부 내용을 재사용하려면
  사전에 저작권자와 (주)위즈덤하우스 미디어그룹의 동의를 받아야 합니다

국립중앙도서관 출판시도서목록(CIP)

아빠는 나의 베프 / 지은이: 홍원택. -- 고양 : 위즈덤하우스, 2018
p. ; cm

ISBN 979-11-6220-332-3 03810 : ₩13000

회화(그림)[繪畵]
수필[隨筆]

650.4-KDC6
750.2-DDC23   CIP2018008670